Prix : 10 centimes

L'ANNIVERSAIRE

PAR

LOUIS DE ROZEN

PARIS

AMYOT, ÉDITEUR, 8, RUE DE LA PAIX

1873

PRIONS

POUR LE REPOS DE L'AME

DE LOUIS-NAPOLÉON BONAPARTE

EMPEREUR DES FRANÇOIS

NÉ AUX TUILERIES, LE 20 AVRIL 1808

MORT EN EXIL, LE 9 JANVIER 1872

L'ANNIVERSAIRE

Un an tout entier a passé depuis ce jour où, dans Paris consterné, éclatait comme un coup de foudre cette nouvelle : L'Empereur est mort. Nous ne pouvions croire que ce fût vrai; nous autres. Il nous semblait que Dieu ne pouvait encore frapper la France? Qui donc la sauverait, si l'Empereur n'était plus là? n'était-ce donc pas vrai que Dieu le tenait en réserve pour nous tirer quelque jour de l'abime et rendre à la Patrie sa place, à la tête des nations? A Sédan, quand, marchant seul à l'ennemi, laissant là son État-Major, il bravait la mitraille prussienne, la mort n'avait pas voulu de lui, et maintenant elle nous le prenait, à nous qui l'attendions, qui à chaque heure espérions son retour et qui après la Commune, après la guerre civile, savions que lui seul pouvait refaire de la France la grande nation!

Mais qui donc en ce monde avait mieux que lui mérité de vivre, qui plus que lui avait été devant Dieu le souverain très-chrétien? Qui plus que lui avait aimé les pauvres et les petits, qui avait fait plus pour soulager les souffrances et diminuer les infortunes, qui avait mieux compris l'usage de cette puissance suprême que Dieu donne aux Rois, afin qu'ils aident et relèvent ceux qu'il aime davantage parce qu'ils ont plus besoin de lui?

C'avait été là l'œuvre de sa vie; et pendant vingt ans, tout en maintenant le pavillon de la France aussi haut que n'importe quel souverain l'avait fait jusqu'à lui, tout en gagnant des batailles en secourant des nations, en délivrant des peuples, toujours, il avait suivi sa pensée: *Améliorer le sort de la classe la plus nombreuse et la plus pauvre.*

Il avait fait cela de toutes ses forces et depuis le jour où de la citadelle de Ham où le Roi Louis-Philippe le tenait prisonnier d'État, il datait un de ses premiers livres: *L'Extinction du Paupérisme*, jusqu'au jour où, en présence de l'Europe, le Jury International de l'Exposition de 1867 lui décernait par les mains du Prince Impérial une médaille d'honneur pour les institutions ouvrières qu'il avait fondées, nulle heure n'avait passé dans sa vie sans qu'elle fut occupée par cette pensée: Rendre le peuple meilleur en le faisant plus heureux.

Il aimait ce Peuple Français comme l'avait aimé son oncle le grand empereur, celui qui, à Fontainbleau, abdiquait sa couronne et faisait bon marché de sa propre vie, pourvu que la France fut heureuse !

A Sédan, sa couronne, sa dynastie, sa liberté, il avait tout sacrifié pour sauver et garder à la France cette armée que les Prussiens cernaient, qui ne pouvait plus combattre, mais qui pouvait encore être massacrée. Il s'était ému, ce jour là, lui, l'impassible de Magenta et de Solférino, lui que ni le feu de l'ennemi, ni les poignards des assassins, n'avaient pu émouvoir, et plutôt que de voir mourir ces hommes qui ne pouvaient se défendre, il avait donné sa liberté et sa couronne.

Non ! nous ne pouvions croire que lui vivant, la réhabilitation ne viendrait pas. Que l'Empereur n'aurait pas, comme Napoléon Ier, sa rentrée triomphale au milieu des acclamations du peuple, et lorsque nous voyions l'inquiétude de ses ennemis, que nous comptions les navires qu'ils envoyaient croiser entre l'Angleterre et la France, les espions dont ils entouraient la modeste demeure de l'exilé, les persécutions dont ils frappaient sans relâche ses amis, nous nous disions que pour qu'ils eussent si peur, il fallait qu'ils sentissent combien leur pouvoir était chancelant, combien était profondes les racines que l'Empire avait jetées en France, et combien l'heure était proche où la France, altérée de paix et d'ordre, rappellerait pour lui rendre la puissance suprême celui qui seul avait su maintenir chez elle l'ordre et la paix !

Hélas ! Dieu n'avait pas jugé que cette France fut assez frappée ; c'était vrai. L'Empereur était mort. Il était mort de l'ingratitude de la France, mort des calomnies qu'on vomissait contre l'armée, mort de la défaite de la patrie. Ah ! les insultes qu'on lui prodiguait à lui-même passaient trop au-dessous de lui pour qu'elles pussent l'atteindre. Mais chacune des blessures ouvertes au cœur de la patrie saignait dans son cœur, et la douleur avait été trop cruelle de voir tomber si bas cette France qu'il avait faite si grande. Il avait vu briser son œuvre, il avait vu la tourbe des démolisseurs s'acharner après chacune de ses créations, et sombrer dans le gouffre que les anarchistes avaient ouvert, aussi bien les Tui leries qu'il avait terminées, que le traité de commerce qu'il avait signé aussi bien. Cette colonne Vendôme, monument de sa dynastie et de nos victoires, que la richesse de Tours, richesse qui était son œuvre et que chaque journée de son règne avait accrue. Il avait vu le nom des Bonaparte, ce nom inséparable de la grandeur de la France devenir un titre de proscription ou l'ostracisme pour ceux qui le portaient aussi bien que pour ceux qui l'avaient servi.

Il avait entendu des hommes, des représentants émettre l'idée de vendre ou de céder la Corse, marquée d'infamie après avoir donné pour la France le meilleur de son sang, marquée d'infamie pour avoir été le berceau des Napoléons! Il avait vu les partis, tous les partis s'acharner contre ce principe que seuls les Bonaparte ont osé appliquer contre ce principe de la souveraineté populaire, que les uns prétendaient détruire et que les autres réduisaient à néant par leurs usurpations de dictature. Il avait entendu la meute des pamphlétaires hurler qu'il avait été lâche, lui l'Empereur, que son armée avait été lâche, et que ses généraux avaient été traîtres. Captif, impuissant, lié, il avait souffert, jour par jour, cette épouvantable succession de déroutes, déroutes sur la Seine, déroutes sur la Loire, déroutes dans le Jura, et toutes ces défaites où presque seuls les hommes de l'Empire levaient encore l'épée et savaient mourir. L'Empereur était mort. Il était mort de cela, de la capivité et de l'exil, des Allemands et des Septembriseurs !

Ils triomphaient ceux qui si longtemps avaient eu peur. L'Empereur est mort, disaient-ils, donc l'empire n'existe plus; et comme ils savaient bien qu'entre eux et le pouvoir là était le seul obstacle, mais l'obstacle suprême, comme ils savaient que c'était celui-là, le vaincu de Sedan, l'exilé de Camden-House, qui seul était l'élu que le peuple irait chercher pour le tirer de cette anarchie que ces hommes appellent leur pouvoir, ils se croyaient maintenant sûrs du succès, ils disaient que leur puissance était fondée, leur grandeur assurée à jamais.

Et quand ils virent une multitude traverser la mer pour aller porter aux pieds de l'épouse du mort l'hommage du respect et de l'admiration du peuple tout entier, lorsqu'ils virent les églises pleines de fidèles et la nation en deuil, comme si tout entière elle pleurât son père, leur confiance s'accrut encore. — C'est fini, dirent-ils, l'Empire est mort.

Mais voici que tout à coup ils voient cette foule agenouillée se relever d'un élan. Aux mots lugubres du *de profundis*, succèdent les accents religieux du *Domine salvum* : Seigneur, criions-nous vers Dieu, Seigneur, garde-nous l'héritier de l'Empereur, garde à la France le fils de César; Seigneur, protége et garde Louis-Napoléon Bonaparte !

Non ! l'Empire n'était pas mort. Il vivait dans ce jeune homme qui, il y a dix-huit ans, au lendemain d'une victoire et d'une paix glorieuse, est né là, dans ce palais des Tuileries, au milieu des acclamations du peuple. Il vivait dans cet enfant que les soldats de la garde et de l'armée, ces héroïques calomniés, ces lâches de Saint-Privat, de Reischoffen et de Sedan ont salué *leur enfant* le lendemain de Magenta, et ont acclamé leur frère d'armes le soir de Sarrebrück, il vivait dans cet homme, mûri avant l'heure, par les douleurs de la patrie et les enseignements de son père, qui, viril et fort à l'heure où les autres ne sont encore que des enfants, s'était jeté au pied du lit où reposait son père mort, et sans haine pour les bourreaux, sans malédiction contre la destinée, dans cette douleur suprême avait invoqué Dieu, le seul consolateur, le seul appui, le seul sauveur !

Oui, L'Empire vivait. Serrés autour de l'exilé qui maintenant représentait toutes les espérances de la patrie, les Bonapartistes avaient foi dans le lendemain. Ils savaient que Louis Bonaparte achèverait de mûrir dans le deuil et dans l'exil, sous les yeux et sous l'attentive surveillance de celle que l'Empereur avait si bien jugée, qui sur le trône s'est montrée la digne héritière de cette Joséphine, l'Impératrice du peuple dont le peuple associera toujours l'inépuisable bonté à la gloire légendaire de Napoleon Ier. Ils pouvaient se reposer sur elle. Elle était digne de sa difficile mission celle qui, toujours égale aux événements, a été dans les jours de fête la première par sa beauté. celle qui dans les jours de deuil pa été la remière par son patriotisme.

Aussi que nous importait à nous ce que pouvaient en France essayer les partis. — Nous savons qu'il n'y a dans les sociétés modernes qu'un principe sur lequel on puisse fonder un gouvernement fort, protecteur de tous, et capable de terrasser les anarchistes comme de faire face à l'Europe. — Nous savons que ce principe nul n'osera s'en servir parce que si le peuple était consulté, il répondrait comme au 10 Décembre et comme au 22 frimaire, nous savons que quoiqu'on essaie de bâtir, l'édifice qu'on croira terminé, ne tiendra pas sous le souffle du peuple dès qu'il plaira au peuple d'exprimer sa volonté, et nous savons que Dieu seul a marqué cette heure où le peuple parlera ! Essai de République, essai de royauté, que nous importe. — Le peuple n'a point été consulté et c'est de lui seul que nous attendons la loi future.

Aujourd'hui, comme il y a un an, l'Empire est debout. Aujourd'hui, comme il y a un an, le Représentant du principe de la Souveraineté nationale, s'appelle Napoléon. Aujourd'hui, comme il y a un an, nous avons la foi, et si nous avions besoin que quelque chose vint fortifier cette foi profonde, nous n'aurions qu'à regarder les impuissants et ridicules efforts de tous ces hommes qui dans une société démocratique, en plein XIXe siècle, dénient à ce peuple qui depuis vingt cinq ans est en possession du suffrage universel, qui depuis cent ans, depuis 89, a prouvé que, pour être libre il n'a qu'à le vouloir, lui dénient le droit de dire quel est le gouvernement qu'il veut.

Ayons confiance. L'heure est proche. Dieu qui a tant frappé la France doit permettre que son soldat se relève, et que notre patrie reprenne dans le monde son œuvre interrompue. Ayons foi en Dieu et dans le peuple.

C'est lui qui par deux fois pour échapper à l'anarchie ou à la réaction a élevé à la magistrature suprême l'empereur Napoléon Ier. C'est lui qui par trois fois pour échapper aux complots des révolutionnaires a acclamé pour son chef, Napoléon III. C'est le peuple seul, le peuple avec l'aide de Dieu qui rétablira l'Empire, car il a pris pour devise, ce jeune homme qui représente toutes nos espérances: « *Tout pour le peuple et par le peuple,* » il attend avec confiance le jour où la nation exprimera sa volonté.

C'est pour qu'il vienne bientôt ce jour là que nous prions, nous tous qui croyons à l'empire à qui espérons des jours meilleurs, nous tous qui, convaincus des droits qu'a le peuple français de disposer de lui même, sommes dans des disputes byzantines et des crises parlementaires, nous tous qui voulons l'ordre pour refaire le pays, l'autorité pour maintenir la paix intérieure, l'empire pour préparer à nouveau la grandeur de la France.

A cette heure même, où rassemblés dans les Eglises de France nous prions, un jeune homme pleure devant un tombeau dans une petite chapelle d'Angleterre, c'est le tombeau de l'homme que *par trois fois* le peuple français a acclamé empereur, c'est le tombeau d'un soldat que les braves ont jugé le plus brave, c'est le tombeau d'un chrétien qui a aimé les pauvres par dessus tout, c'est le tombeau d'un Français qui a aimé la France plus que lui même, et pour ce jeune homme, c'est plus que tout cela, c'est le tombeau de son Père! Ah! S'il est vrai que le bonheur et la gloire des vingt années du second Empire dorment là pour l'éternité, s'il est vrai que dans ce cercueil qui attend d'autres funérailles et qui ne reposera pour toujours que dans la terre de la patrie, nous avons touché avec l'Empereur mort nos victoires passées, notre richese, notre orgueil d'autrefois, qu'on le sache dans ce jeune homme aux traits vigoureux et mâles, qu'assombret le pois de ses destinées, nous saluons avec orgueil et avec confiance l'avenir triomphant, la France pacifiée et vengée, — l'Empire nouveau !

Prions pour qu'il luise bientôt, le jour où, salué par la voix populaire, qui est la voix de Dieu, ce jeune homme revienne parmi nous, le jour où calme et triste, ramenant avec lui les cendres de l'Empereur, il conduira aux invalides ces glorieuses dépouilles, le jour où il s'agenouillera devant le cercuil du chef de sa race et renouvellera là le serment qu'il a prêté de ne vouloir et de ne faire rien que pour et par le peuple. — Prions, car les heures un sont entre les mains de Dieu, et l'heure est proche où le peuple comme au 10 décembre, comme au 22 frimaire, inscrira sa volonté sur bulletin de vote et dira aux prétendant : Écartez-vous, celui que je veux, celui qu'il me faut, c'est le fils de mon élu, c'est l'héritier de l'Empereur, c'est l'enfant de César, c'est Louis Napoléon Bonaparte.

FIN

Poissy. — Typ. S. Lejay et Cie.

www.ingramcontent.com/pod-product-compliance
Ingram Content Group UK Ltd.
Pitfield, Milton Keynes, MK11 3LW, UK
UKHW020231200726
13856UKWH00004B/1707